내가 웃자 별이 빛나기 시작했다

노래하는 도신 스님의 첫 산문집

도신 지음

내가 웃자
별이 빛나기
시작했다

담앤북스

내가
웃어야

별이
빛납니다

어두운 터널이 어디서부터 시작된 것인지, 내가 언제 터널에 들어선 것인지 알 수 없었습니다. '끝이 없을 것이다'라고 생각했습니다. 정말 끝이 없는 듯했습니다.

한 걸음 한 걸음 발을 떼며 앞으로 나아갈 때 손에 잡히는 것들이 있었습니다. 끈적이고 딱딱한 것들이었습니다. 그들은 소리와 냄새를 가지고 있었습니다. 그들의 소리는 진정한 내면의 소리와 그렇지 않은 소리가 뒤섞여 있었습니다. 진정한 내면의 소리는 내게 큰 위안이 되었습니다. 앞으로 나아가면 터널을 벗어날 수 있겠지만, 터널 안이 가장 안전한 곳처럼 느껴지도록 만들었습니다. 그 소리는 무척 오랫동안 이어졌고, 나는 어두운 터널에서 벗어나야 한다는 것을 잊고 있었습니다. 아니, 내가 있는 곳이 어두운 터널이라는 사실을 잊었다는 말이 맞겠습니다. 반대로 '이곳이 극락이구나'라고 생각했습니다. 아니, 극락이라는 생각조차 하지 못할 정도로 극락 같았습니다. 그들에게는 냄새도 있었습니다. 어쩌면 그들의 냄새에 취해 어둠을 기억하지 못하는 상태가 되었는지도 모르겠습니다. 그들의 냄새는 한번 맡으면 또 맡고 싶은 향이었습니다. 눈물 나게 만드는 향기였고, 긴 잠에 빠지게 만드는 향기였습니다.

잘 찢기지 않는 질긴 천을 손으로 찢는 듯한 소리, 가늘지만 소름이 돋는 아찔한 소리가 그들의 내면 밖에서 나는 소리라는 사실을 알게 된 것은 한참 후였습니다. 종종 내면의 소리가 들리기도 했지만, 그 횟수가 줄면서 나중에는 오로지 내면 밖의 소리만 들렸습니다. 불안과 공포가 극에 달하자 내가 있는 곳이 어두운 터널이었다는 사실이 기억났습니다. 역겨운 냄새가 나기 시작했습니다. 오장육부를 다 토해 내고 싶은 지독한 냄새가 코를 통해 들어왔습니다. 결국 다 토해 내고 말았습니다. 그렇게 기진한 몸으로 오랜 시간 바닥을 기자 빛이 보였습니다. 죽을힘을 다해 몸부림쳤습니다.

터널 밖에서 터널 입구에 써 있는 글씨를 보았습니다. 몽환夢幻이었습니다. 터널 안에서 만졌던 것들, 소리를 내고 냄새가 나던 그것들은 터널 안에서만 존재하는 것들이었습니다. 자력으로는 터널에서 나오지 못하는 것들이었습니다. 터널 밖에서는 모든 사물이 보였습니다. 심지어 볼 수도 있고 안 볼 수도 있는 자력을 가지고 있었습니다. 소리도 들리고 냄새도 났지만, 역시 듣지 않고 냄새를 맡지 않을 수도 있었습니다.

터널 밖에서 모든 것을 익힌 후 뒤늦게 배운 것이 바로

웃음이었습니다. 긴 시간을 거쳐 웃는 것을 익히고 닦았습니다. 드디어 내가 웃자 나무들이 춤을 추었습니다. 몽환 터널을 다시 찾았고 긴 숨을 몰아쉬고 터널 안으로 들어갔습니다. 터널의 어둠은 여전했습니다. 숨을 막는 압박이 배로 커져 있었습니다. 천천히 호흡을 가다듬고 웃기 시작했습니다. 한동안 웃는 것 외에는 아무것도 하지 않았습니다. 터널의 천장에서 작은 빛들이 보였습니다. 자세히 보니 별이었습니다. 별의 숫자가 점점 많아졌습니다. 밝고 찬란하게 빛났습니다. 그 별 중에는 이름을 가진 별도 이름을 갖지 못한 별도 있었지만, 이제 그들은 내가 웃지 않아도 스스로 빛을 낼 줄 알게 되었습니다. 아무리 두터운 어둠일지라도 내가 웃으면 그곳에 반짝이는 별이 생깁니다. 별은 공간을 빛으로 가득 채워 어둠을 소멸시켰습니다. 아, 내가 웃어야 별이 빛난다는 사실을 드디어 알게 되었습니다.

덕숭산 청련당에서

도신

5 당신은 내 생에 유일한 기적입니다

1

작은 돌탑 넘어지지 않는 것도
우주 법계의 뜻이라지

"짐을 덜어 달라고 빌기보다는
강한 어깨를 달라고 기도하라."

_성 어거스틴

짐을 좀 덜어 달라고 부탁하는 것도 한두 번입니다. 당신
의 어깨를 강하게 만드십시오. 짐을 덜어 달라는 기도는
평생을 해야 하지만 강한 어깨를 달라는 기도는 한 번만
하면 됩니다.

단, 신념과 의지가 분명할 때 그렇다는 것입니다. 당신 자
신을 믿어야 합니다. 당신 자신을 의심하면서 이룰 수 있
는 일은 하나도 없습니다. 당신은 강한 어깨를 가지고 있
습니다.

돌멩이 탑

간절한
기도가 있었다지

가난한 자의
간절함이
우주 법계에서는
천대받지 않으니
아슬아슬
잘도 올라섰다지

간절함은
거짓이 없어
우주 법계가 감동한다지

허약한
작은 돌탑

폭풍도
어쩌지는 못했다지

간절하면
우주 법계가 귀를 열고
입을 빌려준다지

그래서
우주 법계를 대하는
유일한 길은
오직
간절함이
있을 뿐이라지

아슬아슬
작은 돌탑
넘어지지
않는 것도
우주 법계의 뜻이라지

아기불 오신 날에…

본래의 존엄성을 잃고
헤매어 떠돈 지
몇 겁이 되었는지 몰라도
당신의 탄생으로
우리를 새롭게 하시며
당신의 당찬 손짓에
우리의 존엄성이 회복되길
발원합니다

천상천하에
홀로 높은 '나'는
거만과 자만 아니라
가장 낮은 겸손이며
가장 낮은 하심이되
정의롭지 못하거나
옳지 않은 것에는

굽히지 않음을 드러내심이니
우리가 그와 같이
가장 낮은 겸손으로
가장 훌륭한 존재가 될 수 있기를
발원합니다

당신께서 보실 때
모두가 한 뿌리요,
한 형제인 듯
우리가 모두
그와 같이 서로가 하나임을
알게 하시고
일체중생이
완전한 하나가 되어
나와 너, 우리라는 단어마저
완전히 사라지길
발원합니다

당신께서
중생보다 더 아프신 까닭은

중생이 따로 없어
한 몸이기 때문입니다
우리가
당신의 아파하심을 바로 보고,
우리가
아프지 않기를 손 모으며,
아픈 이가 외로이 홀로이지 않기를
발원합니다

당신께서 언제나
우리와 함께하시는 것처럼
우리도 언제나
당신과 함께하고 있음을 깨달아,
일체중생이 편안해지기를
두 손 모읍니다

"마음은 빈 상자와 같다.
보석을 담으면 보물 상자가 되고,
쓰레기를 담으면
쓰레기 상자가 된다."

―양광모

다행히 마음은 비우는 것까지도 가능합니다. 무엇을 담았느냐에 따라 시간의 차가 있지만, 비우려고 애쓰면 비워지는 것이 마음의 특징입니다.

다만 마음은 암시에 매우 약합니다. 그래서 비우기 어렵다고 생각하면 비우지 못합니다. 비우기 쉽다고 생각하면 쉽게 비워집니다.

비우고 나면 당신은 어떤 것이든 당신의 마음에 또 담을 수 있습니다. 그것을 마음에 담으면 마음은 그것이 이루어지도록 잠재된 모든 힘을 동원합니다.

꽉 찬 빈 그릇

그때도
여름이었어
비도 내리고

쌀이 귀하던 시절
그게 들어온 거야

노스님 밥 지어
동자들과
공양했는데

노스님은
숟가락 소리만 컸어

빈 그릇을
꿀밥처럼 드신 거지

노스님 가시고
삼십여 년
쌀밥 보니 눈물 나네

동자들
쌀밥 먹이고
누룽지 긁으셨대
참 나

그 사랑 때문에
함부로 못 살았어
그럴 수밖에…

혹시 아시나?
빈 그릇 배부른 거

그래, 잔소리 안 할게
암튼 말이야
사랑,
그거 아끼지 마

나에게
건네는
말

내가 나를 생각해 봐도 참 많이 부족합니다. 그렇지만
진심으로 나를 사랑해 주는 사람이 없기 때문에 내가
나를 사랑할 수밖에 없습니다.

살기 위한 몸부림도 있었지만 자존심,
체면 때문에 내가 나를 정말 많이 힘들게
했습니다. 어김없이 혼자가 되는 밤에는
나 자신이 너무도 안타깝고 불쌍하게
여겨지기도 했습니다.

나는 아무렇지도 않은 듯, 전혀 아프지도 않은 듯 세상
모든 일에 다 통달한 사람처럼 다른 사람들의 아픔을
달래려고 애쓰고, 상처를 치료해 주려고 애쓰고, 위로해
주려고 애썼습니다. 그러면서도 정작 내가 나 자신한테는

너무도 냉정하고 무관심하게 대해 왔습니다. 내가 나를
정말 아껴 주지 못했습니다.

어느 날 문득 지쳐 있는 나를 보게 되었습니다. 아무도
나를 위로해 주는 사람이 없는데도, 내가 나를 팽개치고
살았습니다. 그래서 오늘 밤은 나에게 따뜻한 손길을
내밀고 싶습니다. 그리고 이렇게 말해 주고 싶습니다.

"오늘도 참 고생했다. 애썼지?
누가 뭐래도 나는 네가 자랑스러워.
사랑해"

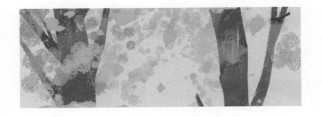

"믿음이 부족하기 때문에
도전하기를 두려워하는 것이다.
나는 스스로를 믿는다."

—무하마드 알리

해낼 수 있다는 믿음은 자신감을 갖게 하고 두려움을 없앱니다. 스스로를 믿는다는 것은 해낼 수 있다는 것을 믿는 것입니다.

그러나 그것이 자만이 되거나 이루지 못할 추상적인 것이어서는 안 됩니다. 구체적으로 그림을 그릴수록 실물과 비슷해지듯, 꿈이 구체적일수록 믿음이 확고해집니다. 강한 자신을 만드십시오.

마당을 쓸고 나면

마당을 쓸고 나면
발자국이 남는다
삶이 모순인 것이다

모순 때문에
괴로워할 필요는 없다

그 모순 때문에
사색을 하게 되고
자신이 부족한 사람임을
알게 되기 때문이다

발자국이 남더라도
마당은 쓸어야 한다

바람

새벽을 여는 소리
어머니 손길처럼
내 마음에 닿아 주기를

눈떠 눈 비비며
기지개를 켤 때
평안함이 깃들기를

새벽 찬 바람이
어느 성인의 말씀처럼
나를 다듬어 주기를

아침을 노래하는 새
햇빛에 날개 세우고
입 벌려 태양 삼키기를

만나는 모든 이에게
그윽하고 부드러운
미소 지을 수 있기를

아픈 말을 들을지라도
자비롭게 이해하고
그를 용서할 수 있기를

별이 발 앞에 떨어져도
놀라지 않고 주워서
하늘에 올릴 수 있기를

어떤 일이 있어도
자신에게는
자애로운 내가 되기를

하루를 접을 때는
낙서 없는 빈 노트로
깊은 잠에 들 수 있기를

"별을 따려고 손을 뻗는 자는
자기 발밑의 꽃을 잊어버린다."

– 제러미 벤담

발밑 꽃 속에 진짜 별이 있는데 눈에 보이는 하늘의 별을 따려다가 발밑의 꽃을 그만 밟아 버리고 맙니다. 하늘에 보이는 별은 눈으로만 볼 수 있지만, 꽃 속의 별은 만질 수도 있고 볼 수도 있고, 씨도 받아 낼 수 있습니다.

잃고 나서야 소중한 것을 알게 되는데 그때는 이미 늦은 상태입니다. 가장 중요한 모든 것은 자신의 발밑에 있으니 발밑을 잘 살펴 반드시 지켜 내십시오.

당신

잔인함이 판을 치고
거짓이 장을 펴는
아찔한 세상에도
꽃은 피고 있었다

눈 매운 배기가스와
생선 썩는 악취에도
눈 예쁘게 뜨고
희망은 피고 있었다

해가 뜨고 바람이 불고
밤이 오고 별이 뜨고
달이 이지러지는 것은
당신이라는 생명 때문이다

냉혹한 세상에서
사랑이 말해지고
용서가 말해지는 것도
당신이라는 꽃 때문이다

지나가다 보았다
살아 있는 나를
그리고
웃는 당신을

10월엔
아프리라

욕심에는
끝이
없다

"자기의 마음을 속이지 마라不欺自心."

성철 스님의 말씀입니다. 자신의 양심을 자신만큼 잘
아는 사람은 없습니다. 잘한 것, 못한 것 모두 자신은 이미
알고 있습니다. 또한 자신이 어떤 사람인지도 잘 알고
있습니다. 그러나 대외적으로 사람을 많이 만나는 사람은
그 겉모습을 자신의 모습으로 착각하곤 합니다. 그래서
혼자 있을 때도 체면을 차리느라 솔직해지지 못합니다.

자기 자신과 대면했을 때 가장 솔직해야
합니다. 자신을 속이면 자신을 구제해 줄
진실을 만나지 못하기 때문입니다.

사람은 가진 것이 없어서 불행한 것이 아니라, 너무
많이 가지려다 보니 불행한 것입니다. 현재에 만족할
줄 모르는 사람은 남들이 가진 것을 바라보며 내 몫이
적다고 한탄합니다.

욕심보다 만족이 편안함을 주는 것을 알지
못해 더 많은 것을 얻기 위해 몸부림칩니다.
불안하고 초조한 마음으로 적을 만들고,
증오의 칼을 갈며, 허상과 싸우면서 지쳐
갑니다.

고개를 들어 먼 산을 바라보며 마음의 여유를 가져
봅시다. 이 마음이 극락도 만들고, 지옥도 만듭니다.
그래서 마음을 심왕心王 또는 심지心地라 합니다.

《유마경》에는 "나에게는 법락이 있기에 세속의 즐거움을
즐기지 않는다吾有法樂 不樂世俗之樂"라는 말이 있습니다.
인간의 삶은 누구를 막론하고 행복과 불행의 연속이며,
변화무쌍한 것입니다.

더 많은 재물을 벌어들이고자 하는
마음이면 이 세상은 지옥입니다.
욕심을 줄여야 합니다. 욕심을 버렸을
때 따뜻한 마음을 가질 수 있습니다.

"삶의 기술은
우리에게 일어나는 일을
통제하는 것이 아니라,
우리에게 일어나는 것을
이용하는 데 있다."

– 글로리아 스타이넘

무슨 일이 생기든 어떻게 받아들이고 어떻게 활용하느냐에 따라 좋은 일이 나쁘게 변형될 수도 있고 나쁜 일이 좋게 변형될 수도 있습니다.

다시 말해 태도가 중요하다는 뜻입니다. '긍정'은 당신이 부정의 자물쇠로 잠겨 있을 때 쓸 수 있는 유일한 열쇠입니다.

기도

합장하여
님 앞에 서면

가슴 밑이
울컥울컥합니다

기도하려고
마음 낸 건 아니었는데

그대가 떠오르고
두 손이 모아집니다

님의 얼굴 바라보면
잔잔히 달래시는 미소

내 기도에 함께 젖는
일광이 아름답습니다

그대가 그리울 땐
또 올라야겠습니다

풍경風磬의 바다

물에서 살 수 없어
산을 택한 풍경
틀림없는 물고기인데
산에서 산다

꾸러기 바람이
살짝 건드리면
파랑파랑 우는 것이
물고기가 맞다

풍경은 물을 떠나
산을 바다로 택했다
어울리지 않을 듯
그러나 어울린다

풍경의 파랑파랑
부딪는 소리는
영락없는 도솔천*의
가장 기쁜 소리이고

바람에 춤을 추는
청동 빛결 저 자태는
관음이 옷자락을
부드럽게 감음이다

풍경은 알고 있었다
산이 아니라면
도솔천의 소리도
관음의 춤도 아니됨을

---

* 　도솔천(兜率天): 미륵보살이 머무는 내원과 천인들이 즐거움을 누리는
　외원으로 구성된, 천상의 정토를 가리키는 이상 세계.

괜히 산을 올랐겠는가
그대가
풍경이라도
산으로 올랐을 것이다

"사람들은 동기 부여는
오래가지 않는다고 말한다.
목욕도 마찬가지다.
그래서 매일 하라고 하는 것이다."

− 지그 지글러

매일 새롭게 다짐해야만 합니다. 그렇게 하지 않으면 처음 세웠던 뜻을 끝까지 유지하기 어렵습니다.

매일매일을 새롭게 다짐하고 새롭게 출발하십시오. 지게 꾼이 매일 아침 밀삐를 살피듯…

노송老松의 동안거*

사람길 끊겨
하얀 낮에도 적막이 휘도는

덕숭산봉 전월암

그 앞 한 노송

해인海印에
젖은 것일까
한설에도 말 없네

* 동안거(冬安居): 불교에서 음력 10월 보름부터 정월 보름까지 승려들이
바깥 출입을 삼가고 수행에 힘쓰는 일.

부끄러운 마음

행여 당신
보실까 봐
머리를 묻습니다

지은 잘못
오죽하랴
고개 들지 못합니다

용서하마
고개 들라 해도
차마 들지 못합니다

부끄러운
중생심이
땅으로만 꺼집니다

제가 하도
부끄러워
고개 들지 못하여도

용서하마
고개 들란 말씀
멈추지는 마셔요

문득 용기 내어
고개 들었을 때
아니 계심 어째요

용기 내어
고개 든 날에는
오라 손짓해 주셔요

다시 태어나려
당신 앞에 서거들랑
"예쁘다"만 해주시어요

그리만 해주시어요

"당신은 다만 당신이라는 이유만으로도
사랑과 존중을 받을 자격이 있다."

_앤드류 매튜스

지금까지 수많은 꽃을 보았지만 당신처럼 아름다운 꽃은
보지 못했습니다. 앞으로도 당신처럼 아름다운 꽃은 보지
못할 것입니다.

그 이유는 단 한 가지입니다. 온 우주를 다 찾아봐도 당신
과 똑같은 존재는 없기 때문입니다. 어느 누구도 당신처럼
아름답게 웃을 수는 없습니다.

오늘도 좋은 날입니다

"좋은 일을 많이 해내려고 기다리는 사람은
하나의 좋은 일도 해낼 수 없다."

– 사무엘 존슨

작은 일이라도 좋습니다.
좋은 일을 하고 싶다면 지금 하십시오.

잔

물로 채우면
비워야
빈 잔이지만

바람으로 채우면
비우지 않아도
빈 잔이네

구름과 태양은
우주의 잔 안에 있지만
비울 일이 없듯

하루를 살아도
굳이 비울 일 없어야
깊은 잠을 이루네

바다

그들은 제각기
길을 내어 흐르면서
큰 하나가 되기도 하고
무량히 나눠지기도 한다

많은 사연 있지만
떨어지고 흐르면서
부딪쳐서 정화되고
섞이면서 용서가 된다

완전한 독립체로
존재하다가도
어울릴 때가 되면
완전한 하나가 된다

색깔이 달라도
다른 것이 아니고
성질이 달라도
다른 것이 아니다

그들은 고향이 같고
그들은 어머니가 같고
그들은 삶이 같아
섞이면 하나의 색이 된다

바다에 도달하면
그 순간 다 용서이고
그 순간 다 사랑이고
무한한 이해의 세계이다

크게 용서하면
용서할 것도 없고
크게 사랑하면
사랑할 것도 없다

"조금 더 많이 인내하자.
조금 더 많이 노력하자.
그러면 절망적 실패로 보였던 것이
빛나는 성공으로 변할 수 있다."

– 앨버트 허버드

우리가 도달해야 할 목적지가 산모퉁이를 돌면 바로 있습
니다. 우리는 눈에 보이지 않으면 성과가 없다고 생각하고
쉽게 포기합니다. 그것이 고비이고 위기입니다.
그 순간을 이겨 내고 한 발만 더 내디디면 바로 목적지입
니다. 자신의 노력을 믿고 산모퉁이를 돌아 보십시오.

낙엽이 구르지 않으면
가을은 오지 않으니

다른 사람에게서
좋게 보이는 모습은
내가 닮아야 할 모습이고

다른 사람에게서
나쁘게 보이는 모습은
내가 닮지 말아야 할 모습이다

다만 나쁜 모습을
보게 되더라도
안타깝게 여길지언정
미워할 일은 아니다
내게도 있는 모습이니 말이다

사랑이 아니라면
이 세상은 처음부터

존재할 수 없었으니
애정을 갖고 끝까지
개선하고 선도해야 한다

쓸모없이 떨어지는
나뭇잎 같지만
낙엽이 구르지 않으면
가을은 아예 오지 않으니…

자신의
소중함을
알라

사람의 생각으로는 뭐든지 할 수 있습니다. 사람의 생각 속에 있는 상상력은 무한대라서 모든 것을 만들어 낼 수 있기 때문입니다. 심지어는 자세한 그림까지도 그려 낼 수 있습니다.

상상력의 세계에선 가고 싶은 대로 어디든 갈 수 있고, 먹고 싶은 것도 뭐든 먹을 수 있고, 돈도 헤아릴 수 없을 만큼 가질 수 있고, 무엇이든 다 가질 수 있습니다. 그러나 아무리 뛰어난 상상력을 발휘한다 하더라도 그 주체인 '나'를 넘어설 수는 없기에 '나'만큼 소중한 것은 없는 것입니다.

나를 제외한 실현 불가능한 상상력이란 말 그대로
물거품이고, 바람이고, 구름이며, 허깨비이고, 꿈입니다.
그러니 헛되고 망상된 꿈에 매여선 안 됩니다. 그것은
벼를 베어야 할 농부가 벼는 베지 않고 창에 곡식이
가득한 것을 생각하며 착각에 빠져 들 떠 있는 것과
같습니다.

실제로 먹고 싶은 것을 다 먹고,
갖고 싶은 것을 다 갖고, 얻고 싶은 것을
다 얻었다 할지라도 그것을 누리고
기뻐해야 할 자신이 빠져 있다면 무의미한
것과 같습니다. 다시 말씀드리면
내가 있음으로 먹고 싶은 것도 생기고, 갖고
싶은 것도 생긴다는 것입니다. 즉 '나'라는
주체가 빠지면 아무 의미가 없습니다.

이렇게 자신의 소중함을 깨우친 사람은 타인의 소중함도
알아야 하는데 그것은 타인의 입장에서 타인 자신도
자신만큼 소중한 것이 없다고 생각하기 때문입니다.
누구나 자신에게 자신만큼 소중한 것은 없습니다.

자기 자신의 소중함을 아는 사람은 다른 사람을
함부로 대하거나 해쳐서는 안 되며 타인을
아끼는 마음과 자신을 아끼는 마음이 같아야
합니다. 빛을 알면 어둠을 물리칠 수 있듯이
자신의 소중함을 알면 일체의 절망을 물리칠 수
있습니다. 하루하루 자신의 소중함을 인식하면서
살아가시기 바랍니다.

"길을 걷다가 돌을 보면
약자는 그것을 걸림돌이라고 하고,
강자는 그것을 디딤돌이라고 한다."

_토마스 칼라일

우리의 생각이 얼마나 중요한지 모릅니다. 걸림돌이라고
생각한 순간 그 돌은 우리의 적이 되지만, 디딤돌이라고
생각을 바꾸는 순간 그 돌이 내 성공의 동기가 됩니다.
우리의 생각은 우리의 의지에 따라 얼마든지 바꿀 수 있
습니다. 그렇게 못한다고 생각하거나 그렇게 하지 않는 우
리가 문제입니다.

아침 발원

자비하신 이여
불행한 사람은
그 길이 불행한 길인 줄 알면서도
그쪽을 향하여 간다는 것을
알고 있습니다
제가 스스로 불행한 길로
가지 않길 원하오며
두 길 중에 항상
행복의 길로 가기를
원합니다

인생에서는
항상 행복과 불행의 두 갈림길이 있음을
짐작하오며
그 둘 중의 하나인 행복의 길로
저를 이끌어 주시옵고

저의 의지가
그쪽으로 향하기를
원합니다

어떤 일이 되었든
우선 시작하겠사오며
그 시작 속에 천재성과 마력의 힘이 있음을
굳게 믿사오며
그 시작할 수 있는 용기가
제게 있기를

원합니다

제가 저의 일을 스스로 좋아하도록 다짐하오며
좋아하는 중에 참된 행복이 있음을
깨닫겠습니다
지나친 집착은 스스로 경계하며
여유와 자신감을 갖되
반드시 나의 뜻대로 되는 것을 믿으오며
그와 같이 되기를
원합니다

오늘 저의 하루가 찬란히 빛나도록
자비하신 이의 은혜와 저의 의지가
함께 만나지기를
원합니다

오늘도 좋은 날입니다

나를 행복하게 하는 것

내가 갖고 싶어 하는 것을
가진 그 사람이
결코 행복해하지 않음을
알고 나서
마음을 비우기로 했다

그리고
나를 진정으로
행복하게 하는 것이
무엇인가에 대해서
고민하기 시작했다

"사귐이 깊어지면 애정이 싹트고
사랑이 있으면
고통의 그림자가 따르나니
사랑으로부터 시작되는
많은 고통의
그림자를 깊이 관찰하고
저 광야를 가고 있는
무소의 뿔처럼 혼자서 가라."

《숫타니파타》

만남 뒤에는 반드시 이별이 따르고 사랑 뒤에는 반드시 고통이 따릅니다. 그러므로 흔들림 없는 마음을 얻고자 하는 사람은 사랑에도 미움에도 치우치지 않도록 부단히 애써야 합니다.

'혼자서 가라'는 이 말은 자신만을 철저히 의지하여 흔들림 없이 나아가라는 의미이기도 하니, 환경으로부터 내가 다치지 않도록 갈무리를 잘해야겠습니다.

마음에 맞지 않더라도

귀에 거슬리는 충고라도
항상 들을 줄 알고
마음에 맞지 않는 일이더라도
능히 해낼 줄 안다면
이것으로 내적 발전을 증진시키고
실천력을 향상시키는
근간이 될 것이다

그러나
귀를 즐겁게 하는 말만
들으려 하고
마음에 드는 일만
하려고 하면
이것은 자신의 일생을
맹독의 항아리에 넣는 것이 된다

막다른
길

일을 두고 누구의 의견도 참고가 되지 않을 땐
자신의 생각을 존중하세요.
대신 이성적이어야 합니다.
막다른 길에선 항상 자신만이 홀로 서 있습니다.

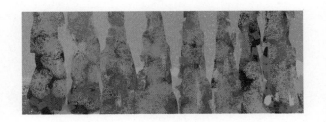

"인내는 단순히
기다리는 능력이 아니라,
기다리는 동안 어떻게
행동하느냐 하는 것이다."

– 조이스 마이어

열차에 몸을 실었습니다. 얼마 후 목적지에 도착할 것입니다. 기다리는 구간입니다. 이 구간을 어떤 생각, 어떤 행동으로 채우느냐에 따라, 무료하고 지루한 구간이 될 수도 있고, 설레고 즐거운 구간이 될 수도 있습니다.

삶에는 약간의 설렘이 있어야 매일매일을 새롭게 살 수 있습니다.

무영無影

침묵하는 호수 위로
해 은빛으로 누워 있고
그 주위를 여럿의 갈대들이
수다를 연다

그림의 완성을 위해
색들이 배치되듯
하나의 완성을 위해
조합이 이루어진다

지루한 시간 흘러
한 사람 둑 위 지나는데
어느 쪽으로든
그는 그림자가 없다

당초 그림자란
물체의 변화에 따라
움직이는데
그는 그림자가 없다

무게 없는 바람은
그물에 걸리지 않고
살결을 해치는데
그림자가 없다

집착이 없는 사람은
욕심에 걸리지 않고
삶이 바람과 같아
그림자가 없다

때 되어 해 넘어가면
준비한 일 없어도
노을 혼자 지는데
그 또한 그림자가 없다

그림자 없는 삶

마지막 종점

깨달음 그리고 자유

눈이 부셔 눈부신 오늘

내 생애에는 더없을
고통을 이겨 냈다

다 그만두고
숨어 버리고 싶었지만
그렇게 할 수 없었다
내 생명보다 더 사랑하는
꿈이 있었기에

영광은 항상
맨 뒤에 따라와 빛을 낸다던가!
영광은 고통이 한계에
넘어서는 경계에서야
찬란하게 빛난다고 했던가!

오늘 그렇다
인내가 빛나서
영광이 더욱 눈부시다
참고 견딘 아픔보다
영광이 훨씬 크게 빛나도다

눈이 부셔 눈부신 오늘
희망의 메시지를 적느니
참고 견디라, 쉬지 마라
그대의 목적을 한결같이 하라
그리고 기다려라

그러면 영광이
그대와 함께할 것이니…

"기쁨을 주는 사람만이
더 많은 기쁨을 즐길 수 있다."

– 알렉상드르 뒤마

좋아하는 사람에게 무엇인가를 해주었을 때 그가 기뻐하는 모습을 보면서 내가 더 행복해지는 경험을 해보셨을 겁니다. 다른 사람에게 기쁨을 주는 과정에서 자신의 기쁨을 찾으십시오. 그 기쁨만이 참된 기쁨입니다.

지혜라는 통로

배움을 기쁨으로
삼고 있다면
이미 현명한 사람입니다

땅에서 가장 낮게
흐르고 있다면
이미 겸손한 사람입니다

지혜의 성은
배움과 겸손의
출입만을 허락합니다

한때 쓸쓸하고 외로울지언정

도덕을 지키며 살아가는 사람은
한때 쓸쓸하고 외로우나
권세에 빌붙어 아부하는 사람은
영원히 불쌍하고 처량하다

사물의 이치에 통달한 사람은
세속을 초월한 진리를 살피고
죽은 후 자신의 평판을 생각하니
차라리 한때 쓸쓸하고 외로울지언정
영원히 불쌍하고 처량하게 될 일은
하지 말아야 한다

"어느 누구도 과거로 돌아가서
새롭게 시작할 수는 없지만,
지금부터 시작해서
새로운 결실을 맺을 수는 있다."

_카를 바르트

과거에 하지 못한 것을 후회하지 말고 지금 이룰 수 있는
일을 시작하십시오. 후회는 앞으로 해야 할 어떤 일들에
대해 부정적인 요소로 작용할 뿐입니다.
지금 할 수 있는 것이 무엇인지만 생각하고 그것을 실천
하십시오. 사실 우리는 늘 다시 태어납니다.

3   마음이 바짝 말라 있으면
        불이 잘 붙지

"내적인 도움과 위안을
얻을 수 있는 것이라면,
어떤 것이든 붙잡아라."

_마하트마 간디

나에게 정신적인 안정과 위안을 줄 수 있는 것이 있다면 그것이 무엇이 되었든 나에겐 매우 중요한 것입니다. 모든 즐거움과 행복은 정신적인 안정과 위안으로부터 오기 때문입니다.

그런데 그것은 의외로 소소한 것일 수도 있습니다. 작은 사탕 하나를 입속에 넣으면 전신으로 단맛이 퍼지는 것처럼 말입니다. 당신에게 진정으로 위안이 되는 것이 무엇인지를 찾으십시오. 그리고 그것을 하십시오.

함께 가는 길

슬픔을 못 이겨
몸져누워 있을 때

고독에 눌려
숨 쉬지 못할 때

원망이 차올라
어쩌지를 못할 때

갈매기 따르는 해변길이
모두를 훑어 냅니다

갯벌의 무수한 생명들
타의로 목숨 잃어도

푸른 파도 그 살결
하얗게 잘려 나가도

작은 돌 부러지고 부러져
노랗게 겁먹은 모래가 되어도

수평선 넘어 하나였던 산들이
쪼이고 쪼여 떨어져 나뉘어도

작은 섬에 홀로 선
못생긴 해송이 되어도

파란 하늘 구석구석에
먹구름 박혀 아파도

그들은 묻지 않고 갑니다
누구나 가는, 함께 가는 길이기에

빗자루질

한 빗자루질에
아픔을 쓸어 내고

두 빗자루질에
죄를 쓸어 내고

세 빗자루질에
욕망을 쓸어 낸다

사랑이 아파서
싹싹 쓸어 내고

이별이 아파서
또 싹싹 쓸어 내고

미움이 아파서
자꾸 쓸어 낸다

그리고
성숙을 위하여
무명無明도 쓸어 낸다

다 쓸어 내고
더 없지 싶은데

그림자 하나
마당에 눕는다

아무리 쓸어도
쓸리지 않는 그림자

힘으로는
쓸리지 않는 그림자

털썩 앉아
물끄러미 보노라니

그제야
석양에 쓸려
산을 넘어간다

"불행의 원인은 나 자신에게 있다.
몸이 굽으니 그림자도 굽는다.
나 이외에는 아무도
나의 불행을 치료해 줄 수 없다.
마음을 평안하게 가져라.
그러면 그대의 표정도
평화롭고 자애로워질 것이다."

– 블레즈 파스칼

빈 도화지가 나의 손에 의해 그림으로 채워집니다. 당신이
평화롭다고 생각하면 평화로운 것입니다.
당신을 긍정할 수 있는 것도, 당신을 부정할 수 있는 것도
모두 당신뿐입니다.

마음이 밝으면

마음이 밝으면
밤도 낮이요,
마음이 어두우면
낮도 밤이다

빛이 가는 길은
빛뿐이요,
어둠이 가는 길은
어둠뿐이다

어둠을 선택하고
그럴 수밖에
없었다고 한다

그 반대를
선택할 수 있었으면서…

아름다운 저녁은

노을에 있는 것이 아니라

그것을 바라보는 마음에 있다

자신을
다스리는
사람

자신을 다스리는 사람은
어떤 비난과 욕을 먹을지라도
결코 불쾌한 표정으로 응하지 않으며
거칠게 대꾸하지 않습니다.
진정으로 자신을 다스리는 사람은
적대적인 감정을 드러내지 않습니다.
그는 남을 다스리는 사람이 아니라
자기 자신을 다스리는 사람이기 때문입니다.

"두려움이 믿음보다
크게 자라도록 허용함으로써
당신은 당신의 꿈을 방해한다."

– 메리 마닌 모리시

두려움과 불안함의 가장 큰 단점은 실재하지 않는 공포의 대상을 만들어 낸다는 것입니다. 그 공포의 대상은 당신이 무엇도 할 수 없게 만듭니다.

두려움을 극복하는 방법은 의지적으로라도 믿음을 확장하는 것입니다.

그대는

그대는
꽃이라 부르면
웃음이 되고

낙엽이라 부르면
눈물이 되지요

그대는
기쁨이라 부르면
행복이 되고

슬픔이라 부르면
절망이 되지요

내가 부르는 대로
모습을 하는 이여

이제 꽃과 기쁨으로만

그대를 부릅니다

나의 메아리여!

불

바짝 마르면
잘 탈 수밖에

바짝 마르면
조심할 수밖에

일어나는 불 중에
마음 불이 제일 급하지

마음이 바짝 말라 있으면
불이 잘 붙지

촉촉이 젖어 있으면
끌 시간 충분한데

마음을 촉촉이 하면
쉽게 일지 않는데

하기사
번뇌의 불꽃은
바짝 마른 곳만
찾아다니지

바짝 마르면
잘 탈 수밖에

바짝 마르면
조심할 수밖에

촉촉해야
산도 깊어진다네

"마음의 고통은
화를 내게 된 원인으로 인한 것이 아니라,
화를 냈을 때 얻게 되는 결과이다."

_ 마르쿠스 아우렐리우스

화를 내게 되는 원인들은 하루에도 수십 번씩 생깁니다. 다만 그 원인 때문에 즉각적으로 화를 내는 사람이 있는가 하면, 그 원인에 대해 좀 더 참을성 있게 대처하는 사람도 있습니다.

세상을 바라보는 관점을 바꿔 볼 필요가 있습니다. 상대의 관점에서 보고자 하는 것은 상대를 이해하고자 함이고 상대를 이해하지 않고서는 화를 다스릴 수 없기 때문입니다.

외로움

기쁨
그 뒤에 서 있는
앞뒤 없는 나

슬픔
그 뒤를 따르는
앞뒤 없는 나

희망
외로움 앞에 서면
보이는 수평선

절망
외로움 앞에 서면
천 길 절벽

외로움
살아 있기에
갇히는 방

외로움
벗어나는 길은
더 외로운 것

더 많이
아주 많이
외로워지는 것

'행복'을
말하다

우리가 이 세상에 태어나 하루하루를 살아가면서 가장
바라는 것은 '행복'입니다. 각자의 기준이 다를 뿐,
우리가 추구하는 삶의 목표는 바로 이 행복입니다.
사람만이 아니라 생명을 지닌 것들은 모두 다 행복을
위해 최선을 다합니다.

산속에 살면서 매일 산행을 하다 보면 날마다 새소리가
다른 것을 느낄 수 있습니다. 같은 새가 지저귀는데, 어떤
날은 행복에 겨운 소리이고 어떤 날은 슬픔으로 가득 찬
소리입니다. 그러면 그 소리를 듣는 나도 행복해지기도
하고 우울해지기도 합니다. 그럴 때마다 "천지 만물이
나와 하나"라는 부처님의 가르침이 새삼 가슴에
와닿습니다.

부처님 법문 중 자주 등장하는 단어가
행복입니다. 부처님께서는 "중생이여,
행복하라, 편안하라, 안락하라."라고
말씀하셨고, "눈에 보이는 것이거나
보이지 않는 것이거나, 먼 데 있는
것이거나 가까이 있는 것이거나, 이미
태어난 것이거나 이제 태어나려고
하는 것이거나, 일체의 중생은
행복하라."라고 말씀하셨습니다.

부처님께서는 이러한 목표를 가지고
중생들이 행복하게 사는 법을 설하셨지만,
안타깝게도 우리 중생들은 늘 자신이
불행하다고 생각합니다.

부처님께서는 행복의 기준을 바꾸지 않는
한 결코 행복을 찾을 수 없다고 설하셨지만,
우리의 중생심이 이 가르침을 따라가지
못하기 때문에, 우리는 늘 고해의 바다에서
헤매면서 불행하다고 소리치고 있습니다.

부처님께서는 이미 오래전 "행복은 먼 곳이 아니라
가까운 곳에 있고, 나의 마음을 바꾸면 행복이 절로
찾아온다."라고 가르치셨지만, 우리는 이를 실천하지
못하고 있습니다.

아침에 눈을 뜨자마자 진정으로 행복을 느끼는지
돌아보아야 합니다. 그렇지 못할 때는 내 행복의
기준을 점검해 봐야 합니다. 부처님께서는
"부모를 섬기는 것, 처자를 사랑하고 보호하는
것, 일에 질서가 있어 혼란하지 않은 것, 이것이
더없는 행복이다."라고 말씀하셨습니다.
곧 평범한 일상 속에 최상의 행복이 있다는
가르침입니다.

우리가 행복하기 위해서는 늘 감사하는
마음을 지녀야 합니다. 감사하는 마음은
행복 지수를 높여 주고, 탐냄과 성냄으로
인한 불행 지수를 낮추어 줍니다. 감사하는
마음이 없으면 먹어도 먹어도 허기가 지고,
온 세상이 오로지 성냄의 대상으로 존재할
뿐입니다. 내 탓보다 남의 탓이 먼저고, 내
떡보다 남의 떡이 더 커 보입니다.

부처님께서는 "마음의 고개만 돌리면 피안彼岸"이라고
말씀하셨습니다. 이처럼 마음의 고개만 돌리면 바로
행복일 수 있습니다.

　　　　세상을 변화시키는 것은 존중하는 마음,
　　　　감사하는 마음, 자비로써 사랑하는
　　　　마음입니다. 이것은 마음속에 이미
　　　　존재하는 것들입니다. 마음만 바로잡으면
　　　　그대로 극락입니다.

부모, 배우자, 자녀 그리고 이 세상의 뭇 생명들을
진심으로 존중하고 감사하며 자비로써 사랑하는 마음을
갖는다면, 행복은 절로 찾아올 것입니다.

"남들이 당신을 어떻게 생각할까
너무 걱정하지 마라.
남들은 그렇게 당신에 대해
많이 생각하지 않는다.
당신이 동의하지 않는 한,
이 세상 누구도
당신이 열등하다고 느끼게 할 수는 없다."

– 엘리너 루스벨트

남들이 당신을 어떻게 생각하든 당신이 아니면 아닌 것입니다. 남들이 어떻게 생각할까, 라고 생각하다 보면 존귀한 나는 없어지고 가상의 허약한 내가 세워집니다.

나는 내가 만드는 것이지, 어느 누구도 나를 만들 수 없습니다. 내가 아니면 아닌 것입니다. 당신을 확실히 세워 당당하십시오.

희망

먹구름 덮으면
비 내리겠구나
그렇게
희망이어야 한다

밟혀 눌리면
일어서야겠구나
그렇게
희망이어야 한다

거부할 수 없으면
받아들여야겠구나
그렇게
희망이어야 한다

정녕 길이 아니라면
돌아서 가야겠구나
그렇게
희망이어야 한다

조금이라도
아주 조금이라도
숨구멍 있다면
살아야 한다

삶은
선택이 아니라
흐르는 것이다
희망은 흐르는 것이다

살아 있다면
살아 있는 이유로
그것이
희망이어야 한다

참회의 바다

기쁨도 슬픔도
사랑도 미움도
좋아함도 싫어함도
탐심도 성냄도

모두 다
참회의 바다에
던진다

깊이깊이 숨어 있는
괴로움의 찌꺼기도

참회의 바다에
이르는 순간,
눈물로 변한다

땀,
눈물,
그리고 참회

퍼내고 퍼내도
끝없는 속진과
한바탕 뒹굴며

땀 흘리고
눈물 흘리며

속진을 끌어안고
참회의 바다에
뛰어든다

"인생은 평화와 행복만으로는
지속될 수 없다.
고통과 노력이 필요하다.
고통은 누구에게나 있는 것이니
두려워하지 말고 슬퍼하지도 말라.
참고 인내하며 노력하라.
희망은 언제나 고통의 언덕 너머에 있다."

– 롤프 메르클레

삶의 파란波瀾에서 평화롭기란 어렵습니다. 마음이 환경 변화에 민감하기 때문입니다. 평화를 얻는 데는 한 가지 조건이 따릅니다. 외부 환경 변화에 동요하지 않는 마음을 내는 것입니다.

동요하지 않는 마음을 갖는 많은 방법 중에 하나는 세상을 무상無常의 관점에서 보는 것입니다. 이 세상 어떤 존재도 사라지지 않는 것은 없습니다.

너

죽은 이파리
못 털어 내는 너

아파서
못 털어 내는 건지

아플까 봐
못 털어 내는 건지

끝내 무게를 못 이겨
놓고야 마는 비련

지상에 닿자마자
흐트러지는 무상

왜 너는

그래야 했는지

그럴 것인지…

찬란한 아침

행복이 끝나면
다른 행복이 시작되는 것임을
알게 하시옵소서

행복만을 생각하면
행복만이 열림을
알게 하시옵소서

제 스스로 항상
긍정적으로 생각하게 하옵시고
행복만을 생각하게 하옵소서

행복의 문이 저를 향해
열려 있음을
알게 하시옵소서

"자신의 부족한 점을
더 많이 부끄러워할 줄 아는 이는
더 존경받을 가치가 있는 사람이다."

_조지 버나드 쇼

자신의 부족한 점을 깊이 깨달은 사람은 그것을 고치기 위해 노력하게 될 것입니다. 그러나 그것을 깊이 깨닫지 못한 사람은 자신의 부족한 점을 합리화하기 위해서 온갖 것들을 다 동원합니다. 이래서는 발전이 없을 뿐만 아니라 자신을 속이는 매우 어리석은 사람이 됩니다.

자신을 진정으로 부끄러워하는 사람이 존경받는다는 말은 그 잘못을 개선할 가능성이 크기 때문입니다. 깊은 반성으로 거듭나는 생활을 해야겠습니다.

4 바람 너의 노래에
내 장단을 실어도 되겠는가

"잔잔한 바다에서는
좋은 뱃사공이 만들어지지 않는다."

– 영국 속담

지금 우리에게 닥친 어려운 상황은 높은 파도 구간이라서
그렇습니다. 놀라지 말고 침착하게 상황에 대처해야 합니
다. 돛을 내리고 물의 흐름대로 배가 갈 수 있도록 모든 인
위적인 것들을 제거해야 합니다.

중요한 것은 침착한 자세와 자연의 흐름에 맡기는 마음입
니다. 그리고 무사히 지나가길 바라는 기도입니다. 잔잔
한 바다에 이르면 그것이 얼마나 중요했는지 알게 될 것
입니다.

풍경風磬

풍경이 소리를 내지만
말하는 것은 아니다

바람이 분다고
흔들리는 것도 아니다

자신이 누구인지 몰라서
하는 몸짓일 뿐이다

그대와 나처럼

키 작은 꽃

맥문동이에요
다 자란 거예요

낮추셔야
제 말이 들려요

저는 다 들어요
땅하고 가깝거든요

…

낮추어 너를 보는데
왜 눈물이 나지

"한 방향으로 깊이 사랑하면
다른 모든 방향의 사랑도 깊어진다."

― 안네-소피 스웨친

사랑이나 모든 일이 그 뿌리가 같습니다. 하나에 깊이 열
중하면 나머지 다른 일에 대해서도 그만큼 이해의 폭이
넓어지고 아량도 넓어집니다.
무엇이든 하나를 제대로 하십시오.

별

웃을 때 반짝이던 별이
웃음을 멈추자
빛을 내지 않았다

별이 다시 빛을 내기 시작한 건
내가 다시 웃을 때였다

부처님오신날을
앞두고

부처님오신날을 십여 일 앞두고 연등에 불을 밝혔습니다.
우리가 해마다 이렇게 부처님오신날을 기쁨과 감사로
맞이하는 것은 우리도 부처님의 지혜와 사랑을 배워서,
부처님같이 아름답고 행복한 인생을 살고 싶은 간절한
바람 때문입니다.

부처님께서는 오직 우리들의 괴로움을
해결해 주고자 출가와 고행을 하셨으며,
깨달음을 이루고 열반에 드시는 그날까지
곳곳을 다니시면서 행복하게 살 수 있는
길을 가르쳐 주셨습니다. 부처님께서는
당부하셨습니다. 항상 자신의 마음을
살펴 악행을 멈추고 착한 일을 하며,
결코 게으르지 말라고. 이것이 바로
괴로움을 여의고 행복으로 갈 수 있는 바른
길이라고 하셨습니다.

"만일 어떤 사람이 몸과 말과
생각으로 악행을 저지르고 성인을
비방하고 삿된 소견을 버리지 않거나,
또는 인간으로 태어나서 부모에게
효도하지 않으며 사문沙門을 존경하지
않으며 복업을 짓지 않으며 후세의
죄를 두려워하지 않는다면, 그는 이로
인해 몸이 무너지고 목숨이 끊어지면
반드시 지옥에 떨어지리라. 중생이
악도惡道에 떨어지기 전에 지옥을
다스리는 염라대왕은 다섯 천사를
보내 그를 꾸짖고 가르친다. 지혜로운
사람이 이를 보고 악행을 멈추고
선행을 하면 지옥에 떨어지지 않을
것이다."

부처님은 다음과 같이 비유를 들어 말씀하셨습니다.

"첫 번째 천사는 부모다. 어떤 마을에 어린아이가
태어났을 때 그는 아직 어리고 약해서 자신의
똥오줌도 가리지 못하고 그 속에서 버둥거린다.
아는 것도 없고 말도 제대로 못 한다. 그때
부모는 똥오줌 가운데서 안아 일으켜 목욕시키고
깨끗하게 해준다. 그 천사를 보고도 착한 일을
하지 않고 게으르고 악행을 저질렀다면 마땅히
갚음을 받을 것이다.

두 번째 천사는 노인이다. 어떤
마을에서 이는 빠지고 머리는
희고 허리는 굽고 지팡이를 의지해
걸어가면서 몸을 벌벌 떠는 사람을
보았을 것이다. 그는 한때 젊고
화려한 청춘을 자랑했으나 나이가
들어 수명이 다해 목숨이 끊어지려는
고통을 받는다. 그 천사를 보고도
착한 일을 하지 않고 게으르고 악행을
저질렀다면 마땅히 갚음을 받을
것이다.

세 번째 천사는 병자이다. 어떤
사람이 병이 들어 몸은 지극히
괴롭고 위독하여 침대에 누워 있는
것을 보았을 것이다. 그도 한때는
건강을 자랑했으나 어느 순간 병이
들어 목숨이 끊어질 듯한 고통에
괴로워한다. 그 천사를 보고도 착한
일을 하지 않고 게으르고 악행을
저질렀다면 마땅히 갚음을 받을
것이다.

네 번째 천사는 죽은 사람이다. 어떤 사람이
죽으면 하루 이틀, 또는 육칠일이 지나 육신이
썩기 시작한다. 시신은 불에 태워지거나 땅에
묻힌다. 그 천사를 보고도 착한 일을 하지 않고
게으르고 악행을 저질렀다면 마땅히 갚음을 받을
것이다.

다섯 번째 천사는 감옥의 죄수다.
죄를 지은 사람은 손발이 묶여 옥에
갇힌다. 죄에 따라 손발을 절단하기도
하며 귀와 코를 베고 살을 저미며
수염과 머리를 뽑기도 한다. 불에
지지며 날카로운 쇠 평상에 눕히거나
거꾸로 매달거나 혹은 뱀에 물리게
한다. 목을 베기도 하며 나무에
매달기도 한다. 그 천사를 보고도
착한 일을 하지 않고 게으르고 악행을
저질렀다면 마땅히 갚음을 받을
것이다.”

우리는 인생을 살아가면서 수많은 인연을 만납니다.
이런 사람, 저런 사람, 좋은 사람, 나쁜 사람, 훌륭한 사람,
못된 사람…. 별별 사람을 다 봅니다. 하지만 무엇이든
나의 거울로 삼는다면 모두가 스승이요, 천사이며,
부처님입니다. 모든 사람을 스승으로 모시는 마음으로
부처님오신날을 맞았으면 좋겠습니다.

"새는 나무에 산다.
낮은 나무를 두려워하여 윗가지에 산다.
그럼에도 먹이에 속아서 그물에 걸리고 만다.
사람도 이와 같다."

– 일연

세상의 곳곳에 덫이 놓여 있습니다. 욕심을 낼 만한 무엇인가가 있는 곳엔 반드시 덫이 있습니다. 세상은 결코 그냥 주지 않습니다. 욕심을 부린 만큼 어디선가는 고통을 겪어야 하고 대가를 치러야 합니다.

내가 탐내는 모든 것에는 덫이 있다는 것을 잊지 말아야 합니다.

바람에게 길을 묻다

바람이 흐르는 길로

세월도 흐르고

계절도 흐르고

구름도 흐르거늘

나는 어이

흐르지 못하는가

오래전 오동잎이

바람의 길을

일렀건만

꿈속을 헤매느라

그 길을 놓치고 말았다

바람 앞에서

세울 것이 없고

세월 앞에서

말할 것이 없고
계절 앞에서
꾸밀 것이 없거늘
누진의 번뇌로
나를 철저히도 꾸며 댔구나

옷 한 벌 달랑
이것마저 벗어 버리면
속살 다 드러나
더 이상 벗을 것이
없어야 하거늘
속살 안에
켜켜이 쌓여 있는
이것은 무엇인가

시름에 시름을
앓다가 다시
길을 묻는다

바람이여
정녕 내가 가야 할
길은 어떤 길이려냐

제행[*]이 무상하여
생멸을 노래하는
바람 너의 곡절에
나를 맡겨도 되겠는가

세월만큼 쌓인 집착
홀홀 벗어던지고
바람 너의 곡절에
내 기꺼이 함께해도 되겠는가

바람 너의 노래에
내 장단을 실어도 되겠는가

---

* 　제행(諸行): 깨달음에 도달하기 위하여 몸, 입, 뜻으로 행하는 모든 선행.

하화夏火

불이야 불
청춘이 탄다
불이야 불
마음이 탄다
불이야 불
인생이 탄다

예고 없이
불이 타오르고
겨를 없이
불에 맡겨진다

삶이 격정의 불길이라는 것은
알았지만
느닷없이
타오를 줄은 몰랐다

아무런 준비 없이
맞이하는
이 격정의 불길이
나를 태우고
또 태운다

삶이라는 지독한
불길을 온몸으로
맞섰다

완전히 전소된 자아가
겨우 무아의 이치를
깨달을 만할 때

불길이 끝나야
사리를 추스릴 수 있음을
겨우 눈치챘을 때

삶의 의미들은
산모퉁이 돌아가는

노인네 기침으로
점점 멀어져 간다

겨우 눈치챘는데
인생이 저문다

그래,
여름 불길은 사나웠다

"악의 대가는 곧 나타나지 않는다.
새로 짠 우유가 바로 상하지 않듯이,
악의 기운은 재에 덮인 불씨처럼
속으로 그를 애태운다."

– 《법구경》

우선 악한 일을 하면 무엇을 얻었든 간에 자신이 괴롭습니다. 만일 악한 일을 하고도 괴롭지 않다면 양심이 무뎌져서 그런 것입니다. 그런 사람은 자신도 이해할 수 없는 괴로움으로 살다가 세상을 떠나게 됩니다. 악함의 대가는 우리가 생각한 것보다 훨씬 큰 재앙으로 서서히 드러납니다.

고목에 기대어

겨울
오랜만에 걸어 보는 길
어린 그리움 춤추고
슬픔 묻어났던 길

그랬었다
잊고 살아야 갈 수 있었던 길
아니 눈물 외면하고
웃어야 갈 수 있었던 길

생각난다
못생긴 고목에 기대어
잊을 수 없는 이들과
차갑게 안녕 했던 일

고목이
그 못생긴 고목이
오늘 또 등 내어 주며
어서 기대라고 한다

혼자가 아닌 것을
혼자인 채 살았다

말이라는 것

지금 내가 쓰고 있는 언어가
나의 생각이고 인격입니다.
즉 어떤 언어를 담고 있는지에 따라
고결해질 수도 있고 하질下質이 될 수도 있습니다.
그러므로 언어를 표현할 때는
항상 살얼음 밟듯 해야만 합니다.

"한 마리 개가 그림자를 보고 짖으면
모든 개들이 그 소리에 따라 짖는다."

−《잠부론》

자신이 생각해 보고 그것이 옳아서 옳다고 하는 경우보다 남들이 옳다고 해서 자신도 옳다고 하는 경우가 의외로 많습니다. 남들이 그렇다 하니 그저 따라가는 겁니다. 역사에 흔히 등장했던 마녀사냥도 대중의 심리를 이용한 전략가들의 음흉한 계획인 경우가 많습니다.

자신의 삶을 철저히 사는 방법 중 하나는 자신의 생각을 자신의 입으로 말하고 행동하는 것입니다. 타인의 말과 행동은 어디까지나 참고 사항일 뿐입니다.

지켜본다

지켜본다
힘차게 새순 돋고
방울방울 솔방울
생기가 돈다
그를 지켜본다

나보다 나이 많은
허리 굽은 소나무
잘렸던 아픔 딛고
잎새가 푸르르다

생명은
사랑으로 연장되고
건강도
사랑으로 지켜진다

사랑이면
웬만큼은 지켜진다

우리 절
허리 굽은 소나무
잎새의 작은
흔들림도 지켜본다

나도 당신도
지켜보는 이가 있어
이만큼 버틴 것이다

낙조落照

익어야 떨어지고
떨어지고 나서야
삶을 말할 수 있는데
말할 자가 없으니
절묘한 회향*이다

탄생도 빛깔이 곱지만
떨어지는 빛깔보다
찬란하고 웅장하진 않다
지는 것을 두려워 마라

* 회향(回向): 자기가 닦은 선근 공덕을 다른 중생이나 자기 자신에게 돌림.

"사막이 아름다운 것은
어딘가에 샘이 숨겨져 있기 때문이다."

– 앙투안 드 생텍쥐페리

어떤 사람의 인생에서도 샘은 꼭 있습니다. 다만 이 샘은
움직이는 사람이 발견하는 샘입니다.

살아 있다는 것을 가장 상징적으로 드러내는 것이 행동입
니다. 내가 살아 있음을 자신이 알게 하고 타인이 알게 하
세요.

조율

바람을 따르는
순응의 구름은
언제든 다시 모이고

계절을 따르는
순수한 새싹도
숨죽여 누울 줄 아네

천리를 거스르는
사람의 오만이
천노天怒를 부르나니

바람에 살 베여도
상처 남기지 않는
묵묵한 석불을 배우라

먼저 우는 가을

처마 끝에 맺힌 빗물
언제쯤 떨어질까

시간이 가을가을
한참을 흐르는데

언제 맺혔는지
내 눈의 빗물이
먼저 뚝 떨어진다

가을 모서리에 베여 봐야
아픈 줄 안다

"희망은 볼 수 없는 것을 보고,
만질 수 없는 것을 느끼고,
불가능한 것을 이룬다."

– 헬렌 켈러

대부분의 사람들은 죽음 직전에 희망을 놓아 버립니다. 그런데 희망은 죽음 직전이 아니면 오지 않습니다. 이 비밀을 아는 사람들은 결코 희망을 놓지 않습니다.

분명한 사실이 있습니다. 아침부터 저녁까지 횡단하는 태양, 밤이면 구름 뒤에 숨어서라도 빛을 내는 별들은 그대를 위해 존재하는 희망의 표현입니다.

5 당신은 내 생에
유일한 기적입니다

"스스로 자신을 존경하면
다른 사람도 그대를 존경할 것이다."

—공자

당신이 자신을 존경할 수 있을 만큼 말하고 행동한다면 당신은 이 세상에서 뭇사람들로부터 존경받는 사람이 될 것입니다.

타인을 존경하고 신뢰하는 마음도 사실은 내가 나를 얼마만큼 존경하고 신뢰하느냐에 달려 있는 문제입니다. 스스로를 존경할 수 있을 만큼 자신을 갈고닦으십시오.

풀꽃의 사람

풀꽃이
사랑하는 사람

풀꽃의
초대를 받는 사람

그 사람

안경 넘어
눈빛 겸손한 시인

풀꽃은

사랑이
출렁 넘치지 않으면
마음을 내주지 않고

겸손이
갯벌 같지 않으면
초대하지 않는다

따뜻한 사람은

풀꽃의 사랑으로
풀별의 강을 건너
아름다운 시를 만난다

그리고
사랑할수록 행복해지는
그대를 만난다

옷 속에 숨긴 송편

동생들이 많이 보고 싶었다
아버지 돌아가시고
어머니 재가하시고
여동생 셋 중
둘은 해외입양시키고
바로 밑 여동생 금자는
외할아버지 댁에서
나와 헤어진 후 바로
어디론가 보내졌다는데
어디로 보냈는지 모르겠다

어린 시절의 나는
항상 동생들을 기다렸다
외할머니 손에 이끌려
금자와 헤어질 때

"오빠 어디가?"
"금자야. 할머니가
나 금방 돌아올 거래."

오빠 가면 싫다고
울면서 따라오는 금자를
외할머니가 애써 뿌리치셨다
이별의 마지막이었다

배고파서 울고 다녔던
여동생들을 생각하다
나도 모르게 송편을
옷 속에 숨기는 버릇이 생겼다

그날도 그랬다
동생들 만나면 주려고
송편을 옷 속에 숨기다가
은사 스님한테 들켰다
스님 내 마음 아시는 듯
어깨를 살짝 안아 주신다

나는 혼날까 봐 움츠려 있는데
스님은 우신다…

그 후로 얼마나 지나
지금 내 나이 몇인가
거울을 통해
내 얼굴을 들여다보니
이제 세월이 많이 묻어
흐릿흐릿하다

그렇지만
이 몹쓸 놈의 버릇은
언제 만날지 모를
여동생들을 생각하며
오늘도 옷 속에
송편을 마구 숨긴다

"나에게 착하게 하는 이는 물론이고,
나에게 악하게 하는 이라도 착하게 대하라.
내가 악하게 아니했으면,
남도 나에게 악하게 하지 않을 것이다."

– 장자

나를 나쁘게 대한 사람에게 착하게 대하기는 참으로 어렵습니다. 그러나 내가 나쁘게 대한 사람이 나에게 착하게 대한다면 내 마음에 동요가 일어날 것입니다. '나쁘게 대하면 안 되겠구나' 하고 말입니다.

물론 개중에는 개선이 안 되는 악마 같은 존재들이 있지만, 대부분은 착하게 대하면 그의 마음에 변화가 오는 것을 알 수 있습니다.

당신은 기적입니다

놀라운 일이에요
무수한 별이
하나가 되어
당신이라니요

당신을 모를 땐
당신이 많기도 했는데
당신을 알고 나니
당신이 보이질 않네요
알면 멀어지는
당신은 유혹의 화신

숨어서 보면
영락없는 순박함
얼굴 내밀어 바라보면
고고한 자태

한 발 내딛어 바라보면
달아날 듯 춤추는 당신
가까이 다가가면
적당히 멀어지죠

나의 전부를 쏟아도
필요한 만큼만
받으시는 당신

내 마음 전부를 바쳐도
감당할 수 있을 만큼만
받으시는 당신

세월이 늙은 뒤에야
당신의 기적을 봅니다

당신은
탄생도 꽃이고
이별도 꽃입니다

당신의 꽃빛 순수함이
내게 이별을 고할 때
울지 않은 것은
긴 침묵 안에서 영원히
머물 기적 때문입니다

당신은 내 생에
유일한 기적입니다
그러므로 나 자신도
기적의 존재임을 압니다

밤 별들이 향연을 엽니다
기적의 날입니다
특히나 지금 이 순간은
정말 기적입니다

당신과 나는 기적입니다

사람 즉 효자이고,
효자 즉 사람이다

어머님의 뼈가 검은 것은 나를 낳아 기르시며 젖 먹이고
가슴 태우며 온갖 고생 다 마다하지 않으신 까닭이고,
속 창자가 뒤집어지도록 오로지 내 걱정만을 하신
까닭입니다.
이것을 아는 사람이라면 어찌 어머님께 효를 다하지 않을
수 있겠습니까. 이것을 아는 사람이라면 어찌 사회악이
될 수 있겠습니까. 이것을 아는 사람이라면 어찌 함부로
살 수 있겠습니까.

그런데도 어머님께 효도하지 않습니다.
그런데도 더러 죄를 집니다. 그런데도
함부로 삽니다. 이래선 안 되지 않겠습니까.
어머님의 은혜를 생각하는 시간이
많아질수록 인격이 바로잡히고 사람 노릇을

하게 됩니다. 어머님의 열 가지 은혜가
있습니다. 이것을 매일 읽고 가슴에 새기고
살길 바랍니다. 어머님께 잘하는 사람은
어느 사회에서든 인정받습니다. 모든
사람들에게 존경과 칭찬을 받습니다.

그렇다고 어머님께만 잘하고 남에게 함부로 하는 것은
잘못된 사랑입니다. 나의 어머님만 어머니가 아니고,
내 주위 모든 사람들이 아버지이고 어머니인데 어찌 나와
상관없는 어머니라 할 수 있겠습니까.
진정으로 어머님을 사랑하고 존경하는 사람은 주위
사람들에게도 결코 함부로 대하지 않습니다. 왜냐하면
어머님이 그런 식으로 사랑을 베풀지 않으셨기
때문입니다. 다음의 글로써 자신의 효심을 항상
관리하시고 가슴에 담길 바랍니다.

어머님의 열 가지 은혜

첫째, 저를 잉태하여 보호해 주신 당신의 은혜에
감사드립니다.

둘째, 저를 낳으실 때 고통 이겨내신 당신의
은혜에 감사드립니다.

셋째, 저를 낳으시고는 온갖 걱정 다 제치시고
저의 태어남만을 위해 기뻐해 주신 당신의 은혜에
감사드립니다.

넷째, 쓴 것은 삼키시고 단것은 뱉어서 제게 먹여
주신 당신의 은혜에 감사드립니다.

다섯째, 저는 마른 자리에 누이시고 당신께선
젖은 자리에 누우셨던 당신의 은혜에
감사드립니다.

여섯째, 젖 먹여 길러 주신 당신의 은혜에
감사드립니다.
일곱째, 저의 더러움을 항상 깨끗이 씻겨 주신
당신의 은혜에 감사드립니다.
여덟째, 제가 먼 길 떠나면 항상 염려하고 걱정해
주신 당신의 은혜에 감사드립니다.
아홉째, 저를 위해서라면 그것이 나쁜
일일지라도 마다하지 않으신 당신의 은혜에
감사드립니다.
열째, 돌아가실 때까지도 제 걱정을 놓지
않으시고 저보다 당신께서 더 아파하신 당신의
은혜에 감사드립니다.

어머님 당신을 사랑합니다.
당신께 부끄럽지 않은 자식이
되겠습니다.

"첫 번째 미덕은 혀를 구속하는 것이다.
자신이 옳다 하더라도 침묵할 줄 아는 사람이
하늘에 가장 근접한 사람이다."

_카토

우리 주변에서 일어나고 있는 사건 사고의 대부분이 말 때문입니다. 각자 자신의 혀가 쓸데없이 입 밖으로 나오지 않도록 단속해야겠습니다.

그대와 나

그대
마음 멈춘 날은
나의 시가
멈춘 날이오

그대
한없이 외로운 날은
나 한없이
그대를 그리워한 날이오

한결같은 이

가을 단풍과
겨울 눈꽃으로
봄 새잎과
여름 단비로
항상 옆에 앉는 사람

다 변하는 세상에서
여전히 구름 흐르고
날 저물고
별 뜨고
달이 운다

어머니의 땅은
항상 옥수수 열리고
바위는 세월에 깎여도
사랑은 깎이지 않는다

첫 하늘 눈 시리고
여름 소나기 너무 아파
눈물 글썽일 때쯤엔
어느새 옆에 앉던 사람

오늘 또 그가
옆에 와 앉는다

내가 그럴 수 있을까
한결같이
그럴 수 있을까

"만 명과의 관계는 쉬우나
한 명과의 관계는 어렵다."

— 조안 바에즈

만 명의 사람을 알아도 한 사람을 얻기는 정말 어렵습니다. 아는 것과 얻는 것은 분명 다릅니다.

사랑도 관심도 항상 가까이 있는 사람들에게 먼저 행해야 합니다. 허물없는 사이, 친한 사이일수록 그에 맞는 예의를 갖춰야 합니다.

사람은 많지만 내 사람은 많지 않다는 것을 꼭 기억하시고 내 주위의 한 사람 한 사람을 소중하게 생각하길 바랍니다.

엄니

세월 지나도
잊히지
않는 것이 있지라

다섯 살 때
박힌 가시
못 빼고 있는디…

손등에
박힌 가시는
빼면 되지만
가슴에
박힌 가시는
뺄 수 없지라

젊은 울 엄니
30년 전 외출하고
아직도 안 오고
뭐 한가 모르것지만
왠지 이 가시는
뺄 수 없을 것 같소

엄니,
30년 넘은 가시를
아직도 못 빼고 있소
싸게 오셔서
가시 좀 빼주쇼
엄니…

세월 지나도
잊히지
않는 것이 있지라

칭찬
한마디에

아버지도 삼키고,
어머니도 삼키고,
여동생 셋도 삼키고,
고향도 삼키고,
금성이도 삼키고 입산했습니다.

외아들 호강은 어데 가고
해발 500미터 고지에서
지게에 치이고,
나무에 치이고,
가시에 찔리고,
눈물로 세수했을까나…
그때는 그게 고생인 줄 몰랐습니다.
아니, 기대감 때문에 고생인 줄 몰랐습니다.

"금방 돌아올게."라던 엄마 약속은
다 늙어 가는 지금에도 기별이 없건만
그땐 그것이 희망이었습니다.
그래서 밥하는 것도,
나무하는 것도,
지게질하는 것도,
빨래하는 것도
견딜 수 있었습니다.

그리움도 길면 미움이 된다는 것을
그때야 알았습니다.
그리움이 깊으면 눈물로는 부족해서
오줌쟁이가 되는 것도
그때야 알았습니다.
그래도 기다릴 수 있어 견뎌 냈습니다.

어느 날, 내 귀에 들리는
염불 소리가 너무 좋았습니다.
염불을 외워
법당에서 염불하기 시작했습니다.
염불을 하면서 토해 냈습니다.

아버지도 토해 내고,
어머니도 토해 내고,
여동생 셋도 토해 내고,
고향도 토해 내고,
금성이도 토해 냈습니다.

　　　　그리움도, 원망도, 미움도
　　　　몽땅 토해 냈습니다.

염불 소리 들으시던 큰스님이
"그 녀석 염불 참 잘한다!"
이 칭찬 한마디에
내 마음 안에서
아버지도, 어머니도, 여동생들도,
고향도, 금성이도,
그리움도, 원망도, 미움도
모두 놓아 버렸습니다.

염불 잘한다는 그 칭찬 한마디에
다음 생에 다시 태어나도
중이 되고자 원을 세웠습니다.
만약 그 칭찬이 없었다면
이 중생이 어찌 되었을지
생각만 해도 정말 아찔합니다.

아무리 생각해 봐도
그때의 그 칭찬은 보약 중의
보약이었습니다.

"시기와 질투는
언제나 남을 쏘려다가
자신을 쏜다."

– 맹자

시기와 질투의 불은 아궁이에서 시작하여 자신의 집을 태우고, 마당을 태우고, 온 산을 다 태워 버립니다. 모든 것을 태우고도 부족해 불씨가 꺼지지 않습니다.

남을 부러워하는 마음 안에 숨어 있는 시기와 질투를 진정성 있는 칭찬과 인정으로 바꿔야 합니다. 상대를 진심으로 칭찬할 줄 알아야 나에 대한 칭찬도 진심으로 받아들일 수 있습니다.

별리|別離

오셨던 길로
가시면 됩니다

정에 끌려
돌아보지 마시고

바람이 왔던 길로
가시면 됩니다

시들어 떨어진 꽃은
다시 핀다고 하지만

그 꽃은 그때에
이미 영원입니다

바람이 가는 길은
떠나는 자의 길이고

바람이 다시 못 옴은
영원의 길입니다

만남은 모두가 이별이고
이별은 모두가 영원입니다

꽃 "투둑"
떨어지더라도

처음 오셨던 그 길로
무심히 가시면
영원의 길입니다

마지막 소야곡

젊은 날의 초상이
아프게 박혀 있는 곳

그림자 밟혀 아려도
뒤돌아보지 말자

가야 한다면
길 없어도 가야 한다

후회는 없게 하자
어차피 돌릴 수 없는 일

연주의 끝은
노래의 시작이고

모든 마지막은
새로움의 시작이다

가야 한다면
망설이지 말자

만나고 헤어짐은
인연의 일

뜻밖의 일이라도
수용해야 할 업 아닌가

벌써 밤인지

철없는 두견새는
소야곡을 불러 대고

아픈 달은 창을 넘어
나를 울리고야 만다

그래도
가야 한다
가야만 한다

"당신이 인생의 주인공이다.
그 사실을 잊지 마라.
지금까지 당신이 만들어 온
의식적 그리고 무의식적 선택으로 인해
지금의 당신이 있는 것이다."

_ 바바라 홀

당신이 인생이라는 큰 연극 무대의 감독이면서 주인공이라는 것을 잊지 마십시오. 당신의 생각과 행동이 미치는 영향은 인생의 연극 무대에선 절대적입니다. 당신을 제외한 모든 사람들은 조연에 불과합니다.

당신의 선택이 연극의 성공 여부를 결정합니다. 당신이 주인공이라서 그렇습니다.

윤회

비 내려 고인 날
하늘 떨어지고
꽃잎 떨어져
그리움이 일파한다

생각에 없어
잊었다 했는데
꽃잎 떨어지니
그리움이 동요한다

한 번만 아프다면
만남도 이별도
일 없는 듯 덤덤하게
맞이할 수 있으련만

그러나
결코 그것이 아닌 것은

사랑도 윤회하고
미움도 윤회하여
다른 모습으로
상처하기 때문이다

다시
비 내려 고인 날
하늘 떨어지고
꽃잎 떨어져
나를 해쳐 든다

상처는
계속되었다

네가 잊고
내가 잊지 않는 한
상처는 계속될 것이다

함께

외풍에 시린 나무가
되지 않으려거든
혼자 서지 마라

함께 서서
푸른 숲을 이루어라

"만약 당신이 한 번도 두렵거나
굴욕적이거나 상처입은 적이 없다면,
그렇다면
당신은 아무런 위험도
감수하지 않은 것이다."

— 줄리아 소렐

이 말은 당신께서 아무 일도 하지 않았다는 말과 같습니다. 언덕을 넘어야 산을 넘을 수 있는데 언덕을 넘지 않았다는 말과 같기 때문입니다.

어떤 굴욕적인 것이 오더라도 잘 참아 이겨 내십시오. 그 시험에 걸려들지 말고 견뎌 내십시오. 착하고 성실한 사람이 결국 세상을 이깁니다.

237

노래하는 도신 스님의 첫 산문집

내가 웃자
별이 빛나기 시작했다

초판 1쇄 발행 2023년 4월 24일

○

지은이   도신
펴낸이   오세룡
편집   정연주 허 승 여수령 손미숙 박성화 윤예지
기획   최은영 곽은영 최윤정
디자인   캠프커뮤니케이션즈
             고혜정 김효선 박소영 최지혜
일러스트   권우희
홍보·마케팅   정성진

○

펴낸곳   담앤북스
             서울특별시 종로구 새문안로3길 23
             경희궁의 아침 4단지 805호
대표전화   02)765-1250(편집부) 02)765-1251(영업부)
전송   02)764-1251
전자우편   dhamenbooks@naver.com

○

출판등록 제300-2011-115호

○

ISBN 979-11-6201-392-2 (03810)
정가 18,000원

○